Adivinanzas

¿Qué tiene el rey en la panza?

SI ESTE LIBRO SE PERDIERA,
COMO SUELE SUCEDER,
SUPLICO AL QUE LO ENCUENTRE
QUE LO SEPA DEVOLVER.
Y SI NO SABE MI NOMBRE,
AQUí LO VOY A PONER:
ES DE...
QUE A LA ESCUELA VA A APRENDER

ISBN-13: 978-0-439-68370-8
ISBN-10: 0-439-68370-X

Copyright © 2004 by Ediciones Kumquat.
All rights reserved. Published by Scholastic Inc., by arrangement with Ediciones Kumquat, Ricardo Levene 936, Piso 12, C1425 AJB Buenos Aires, Argentina.
SCHOLASTIC and associated logos are trademarks and/or registered trademarks of Scholastic Inc.

12 11 10 9 8 7   9 10 11 12/0

Printed in the U.S.A.   23

First Spanish printing, November 2004

Alejandra Longo

Ilustraciones Daniel Chaskielberg
Diseño Andrés Sobrino

Adivinanzas

Scholastic Inc.
New York Toronto London Auckland Sydney
Mexico City New Delhi Hong Kong Buenos Aires

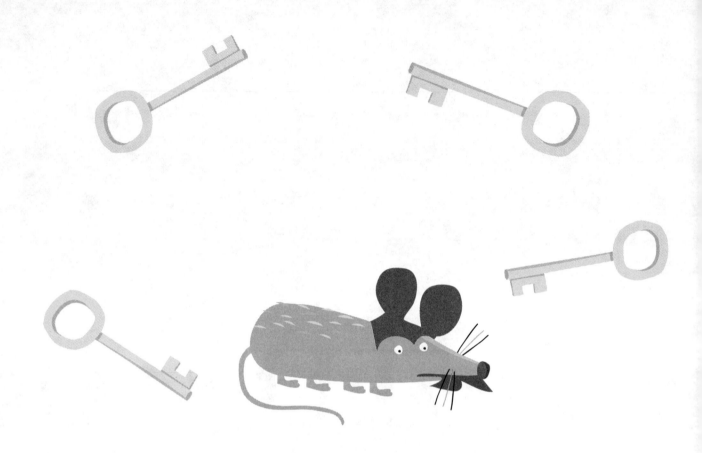

**CHIQUITO COMO RATÓN,
GUARDA LA CASA COMO UN LEÓN.**

EL CANDADO

TODOS PASAN SOBRE MÍ
Y YO NO PASO POR NADIE.
MUCHOS PREGUNTAN POR MÍ
Y YO NO PREGUNTO POR NADIE.

LA CALLE

¿CUÁL ES EL ANIMAL
QUE ES DOS VECES ANIMAL?

EL GATO, PORQUE
ES GATO Y ARAÑA

ADIVINA, ADIVINANZA,
¿QUÉ TIENE EL REY EN LA PANZA?

EL OMBLIGO

VENGO DE LEJOS
CON UN ABRIGO;
TRAIGO UN RECADO
DE UN BUEN AMIGO.

LA CARTA

¿QUÉ ES LO QUE TODO EL MUNDO TIENE?

MICHU

LINNET

BOGGIE

PETER

DIEGO

IVAN

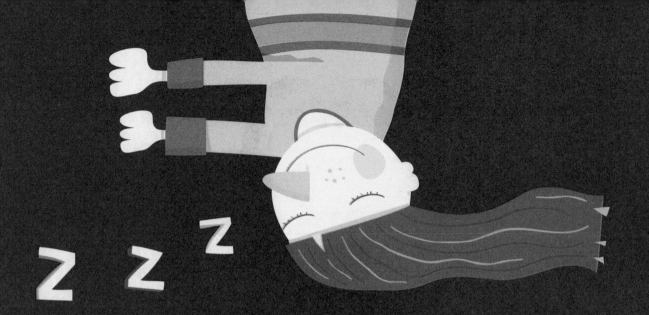

SIEMPRE QUIETAS, SIEMPRE INQUIETAS, DURMIENDO DE DÍA, DE NOCHE DESPIERTAS.

LAS ESTRELLAS

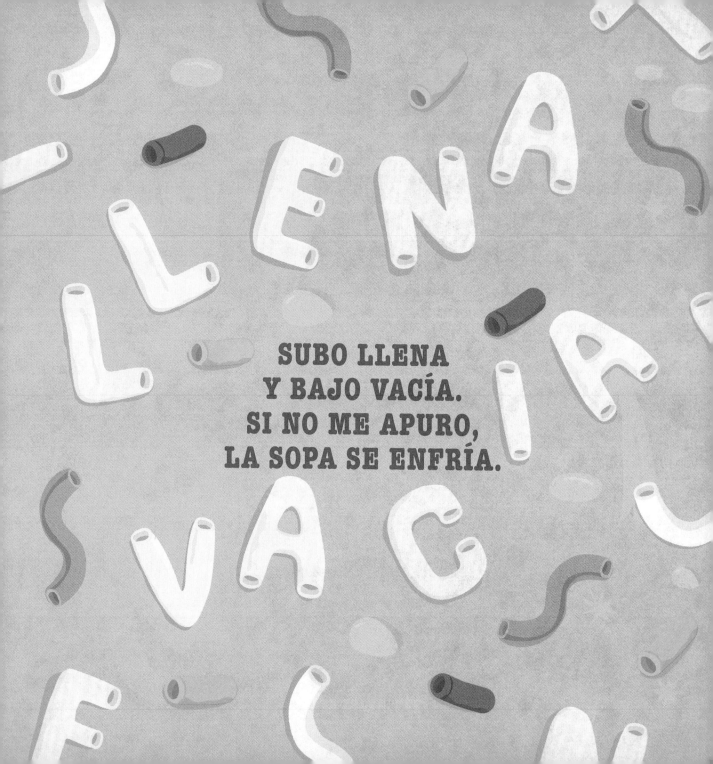

SUBO LLENA
Y BAJO VACÍA.
SI NO ME APURO,
LA SOPA SE ENFRÍA.

LA CUCHARA

DOCE HERMANITOS SOMOS,
YO EL SEGUNDO NACÍ;
SI SOY EL MÁS PEQUEÑITO,
¿CÓMO PUEDE SER ASÍ?

28 DÍAS

DICIEMBRE 31

FEBRERO

ENERO 30 DÍAS

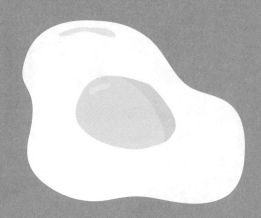

¿QUÉ COSA ES BUENA PARA COMER
Y NO SE COME?

LOS CUBIERTOS

NUNCA PODRÁS ALCANZARME
POR MÁS QUE CORRAS TRAS DE MÍ,
Y AUNQUE QUIERAS RETIRARTE,
SIEMPRE IRÉ YO JUNTO A TI.

LA SOMBRA

¿QUIÉN ES, QUIÉN ES
DEL TAMAÑO DE UNA NUEZ
QUE SUBE LA COLINA
Y NO TIENE PIES?

EL CARACOL

¿QUIÉN ODIA EL AZUL
PORQUE LO PONE VERDE?

EL AMARILLO

VUELA SIN ALAS, SILBA SIN BOCA, PEGA SIN MANOS Y NO SE TOCA.

EL VIENTO